U0049549

小矮人說明書

露絲・瑞普哈亨（**Loes Riphagen**）的其他作品：

Coco kan het!

Coco, kijk uit!

Het bos van Coco

Kom mee, Kees

獻給莫妮卡（Monique）

嘿，莫妮卡，你還認得我嗎？

小矮人說明書

著 ｜ 露絲・瑞普哈亨　　譯 ｜ 郭騰傑

字畝文化創意有限公司

社　　長 ｜ 馮季眉

責任編輯 ｜ 鄭倖仔　　封面、美術設計 ｜ Dinner Illustration

出版 ｜ 字畝文化／遠足文化事業股份有限公司

發行 ｜ 遠足文化事業股份有限公司（讀書共和國出版集團）

地址 ｜ 231 新北市新店區民權路108-2號9樓

電話 ｜（02）2218-1417

傳真 ｜（02）8667-1065

電子信箱 ｜ service@bookrep.com.tw

網址 ｜ www.bookrep.com.tw

郵撥帳號 ｜ 19504465 遠足文化事業股份有限公司

客服專線 ｜ 0800-221-029

法律顧問 ｜ 華洋法律事務所　蘇文生律師

印　　製 ｜ 通南彩色印刷公司

2024 年6月　初版一刷

定價 ｜ 450元

ISBN ｜ 978-626-7365-68-7／9786267365588（EPUB）／9786267365571（PDF）

書號 ｜ XBFY0009

© 2023 text and illustrations Loes Riphagen

Originally published under the title Het kabouterboek by Uitgeverij J.H. Gottmer/H.J.W. Becht bv, Haarlem, The Netherlands; a division of Gottmer Uitgeversgroep BV

Published in agreement with Gottmer Uitgeversgroep BV through The Grayhawk Agency.

特別聲明：有關本書中的言論內容，不代表本公司／出版集團之立場與意見，文責由作者自行承擔。

國家圖書館出版品預行編目(CIP)資料

小矮人說明書 / 露絲.瑞普哈亨著；郭騰傑譯. -- 初版. -- 新北市：字畝文化出版：遠足文化事業股份有限公司發行, 2024.06

面；　公分

譯自：Het kabouterboek.

ISBN 978-626-7365-68-7(精裝)

881.6599　113000244

小矮人說明書

露絲·瑞普哈亨 著

郭騰傑 譯

哈囉，人類！

很高興見到你。我叫嘰（Kik）*。

你也看到了，我是小矮人。真的小矮人。

你可能覺得你很了解我。嗯，不過事情跟你想的不一樣！

趕快跟我來吧！我會告訴你所有的事情。

*Kik：指微小的聲音

噗噗，真無聊！

這就是我

在告訴你我住哪之前，
先讓我自我介紹一下。
我會說的第一個字是「嘰！」，
於是「嘰」就成了我的名字。
小矮人的名字都是這樣取的。

我的耳朵很大，所以我聽
得到很遠的聲音。

你能安靜一會兒嗎？
我想在這裡放鬆一下。

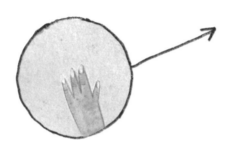

我一隻手有四根手指，少
了小指，這和你不一樣。

我有六塊糖果疊在
一起這麼高。

晚上出生的小矮人寶寶，
是耳朵尖尖的「月亮之子」。

白天出生的小矮人寶寶，
是耳朵圓圓的「太陽之子」。

小時候頭是圓的。

然後，漸漸長成尖的。

每隻腳有四個腳趾。

肚臍長在背上。

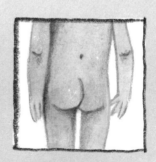

你看，我和你一樣有各種情緒喔。

高興

難過

驚訝

生氣

不過，我們比人類敏感多了，我們很擅長察言觀色。

所以，當普魯特弄丟幸運石頭時，小矮人國的所有人都哭了。

城市與村莊

書店

MAKE WAY FILM

旅館

我就住在
這裡的地板下。

你可能以為所有小矮人都住在森林裡。但現在已經不是這樣
了。大多數的小矮人都住在城市裡。房屋的牆壁和地板之間都
有寬闊的空間，我們通常就利用這些空間，住在裡面。

小矮人的家門口長這個樣子。

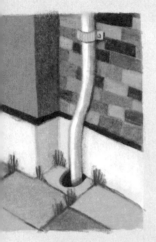

我家有很多個入口，
我通常都從這裡進去。

我也是

我的家庭

我和家人住在一起。

← 莫莫媽媽和我的
弟弟卡拉卡。

我的啵啵，
也就是爸爸的意思。

布魯布 →

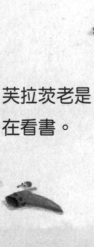

← 芙拉茨老是
在看書。

娜娜和呦呦，
指的是奶奶和爺爺。

我還有另外一組娜娜和呦呦，
他們還住在森林裡。

我

普利普

嘿，第九個在哪裡？

帽子

除了洗澡和睡覺，
其他時間我都戴著帽子。
小矮人的帽子非常堅固，
今天早上它還救了我一命呢！

救命啊！

50

偷看小矮人的帽子裡面，是很沒禮貌的。而帽子裡也是一個藏祕密的好地方。

你應該早就知道我的
頭長這樣吧！

想偷偷給誰
一個驚喜嗎？

我的啵啵
不讓我養寵物。

天氣很冷的時候，我就戴這頂用松鼠毛做成的帽子。

天氣很熱的時候，我就戴這頂帽子。因為暖空氣會上升流出去，而這是我讓頭腦保持冷靜的方法。

參加派對時，我會戴這頂帽子。很漂亮吧？

做一頂帽子，你需要以下材料：

布料……

從被子或窗簾上剪下一塊布

用樹脂和鼻涕做成的膠水

剪刀

膠帶

玫瑰葉做的油漆

一張堅固的紙

製作帽子的方法：

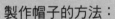

從紙上剪出這個形狀。

角對角捲起紙張。

貼一片膠帶上去。

把布料黏上去。
你也可以將布料牢牢縫緊。

為帽子上色。

嘿！我不用戴帽子。

我的衣服和配件

這是我最愛的背心。

壞掉的橡皮筋可以當作皮帶，還蠻好用的。

我學會自己做衣服。

你可以幫我做
一件毛衣嗎？

這些都是從窗簾、
被子和桌布剪下的布料

飛鳥套裝

老鼠套裝

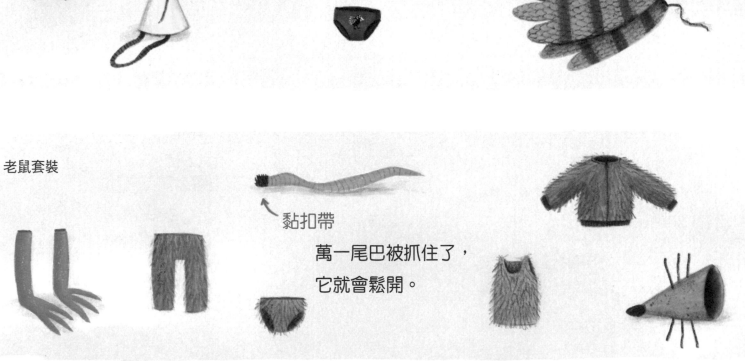

黏扣帶

萬一尾巴被抓住了，
它就會鬆開。

家裡的昆蟲

每個小矮人的房子裡面都住著很多昆蟲。
牠們幫我們做一些簡單的工作。

想要好好照顧牠們的話，你需要這些東西：
- 一張漂亮的床
- 水
- 剩菜
- 小枕頭
- 玩偶

甲蟲會幫忙清潔布尿褲，
還會吃掉大塊的糞便，
然後我們就能把布尿褲放入肥皂水裡浸泡著。

水、肥皂和檸檬汁
的混合液

真噁心。

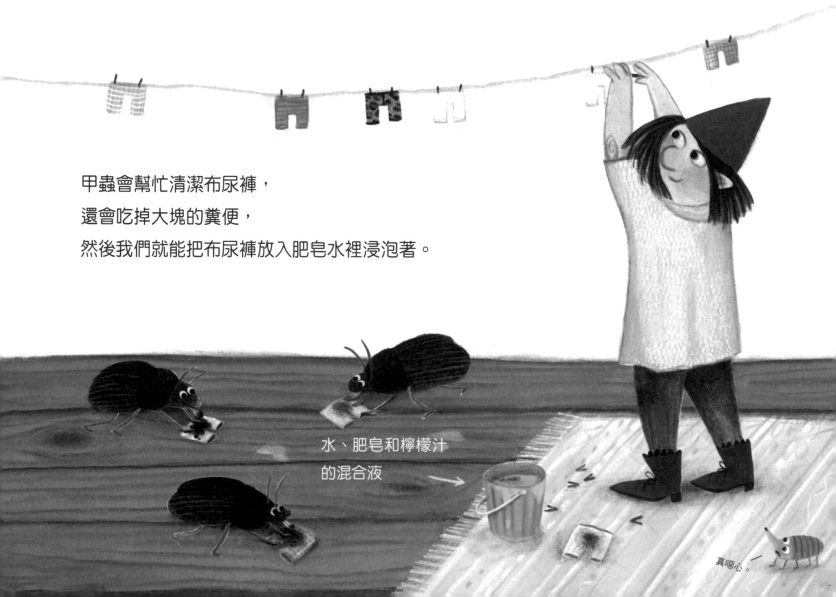

蒼蠅會推搖籃，讓小寶寶安穩入睡。

家裡的昆蟲喜歡有人陪伴。牠們感覺得到，
你需要擁抱。牠們話不多，所以你絕對不會
和牠們吵架。

我們家裡有很多灰塵。小矮人從來不吸地板，
因為有象鼻甲蟲做我們的吸塵小幫手。

我最愛的東西

這條閃閃發光的繩子，是我擁有
最美麗的東西。

這是娜娜為我做的。

娜娜和莫莫的
舊畫像

我喜歡在石頭上畫畫。

我還喜歡收藏稀有的紙

樹脂和鼻涕做的膠水

保存稀有紙張的文件夾

我的房間

收集東西

小矮人可說是大收藏家。
只要是閃閃發光的東西，以及帶有亮片的東西，
我都覺得很漂亮。

我會把我找到的所有東西都帶在身上。

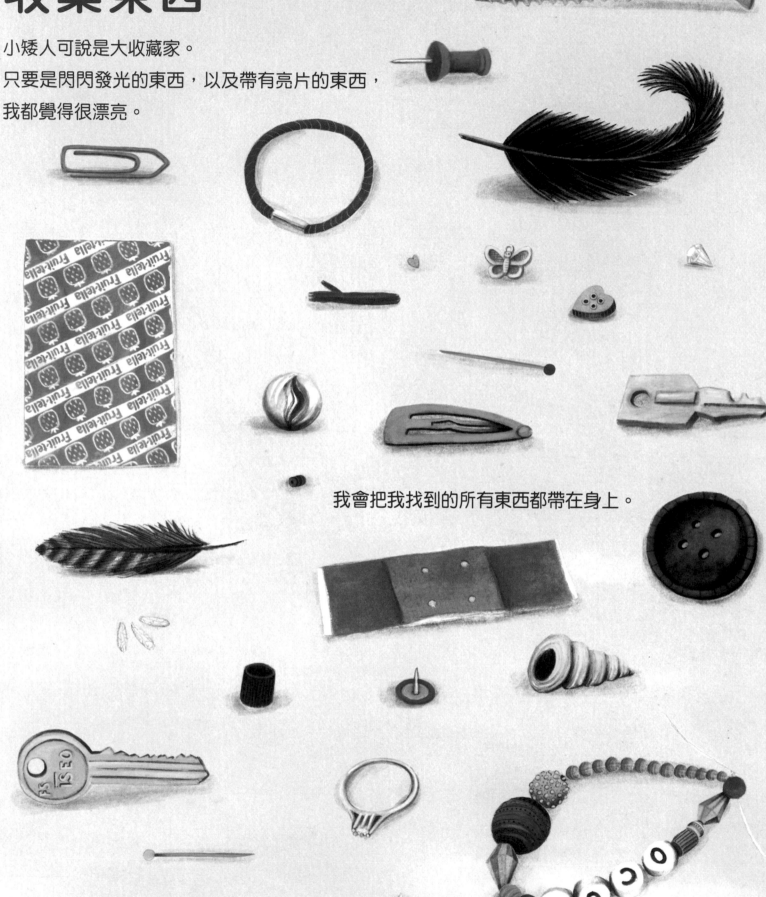

很多東西還有其他用途。

小矮人小孩都有一個用來保存特別物品的藏寶箱。

我很特別哦。

你在那裡幹麼？

動手做

嗨，呦呦，我等一下要去
上學了，今天有美勞課。

嘰，你好呀！

你還好吧？

小矮人不用工作。有需要的時候，大家會互相幫助。
我爸會和朋友耗一整天，一起動手做東西。

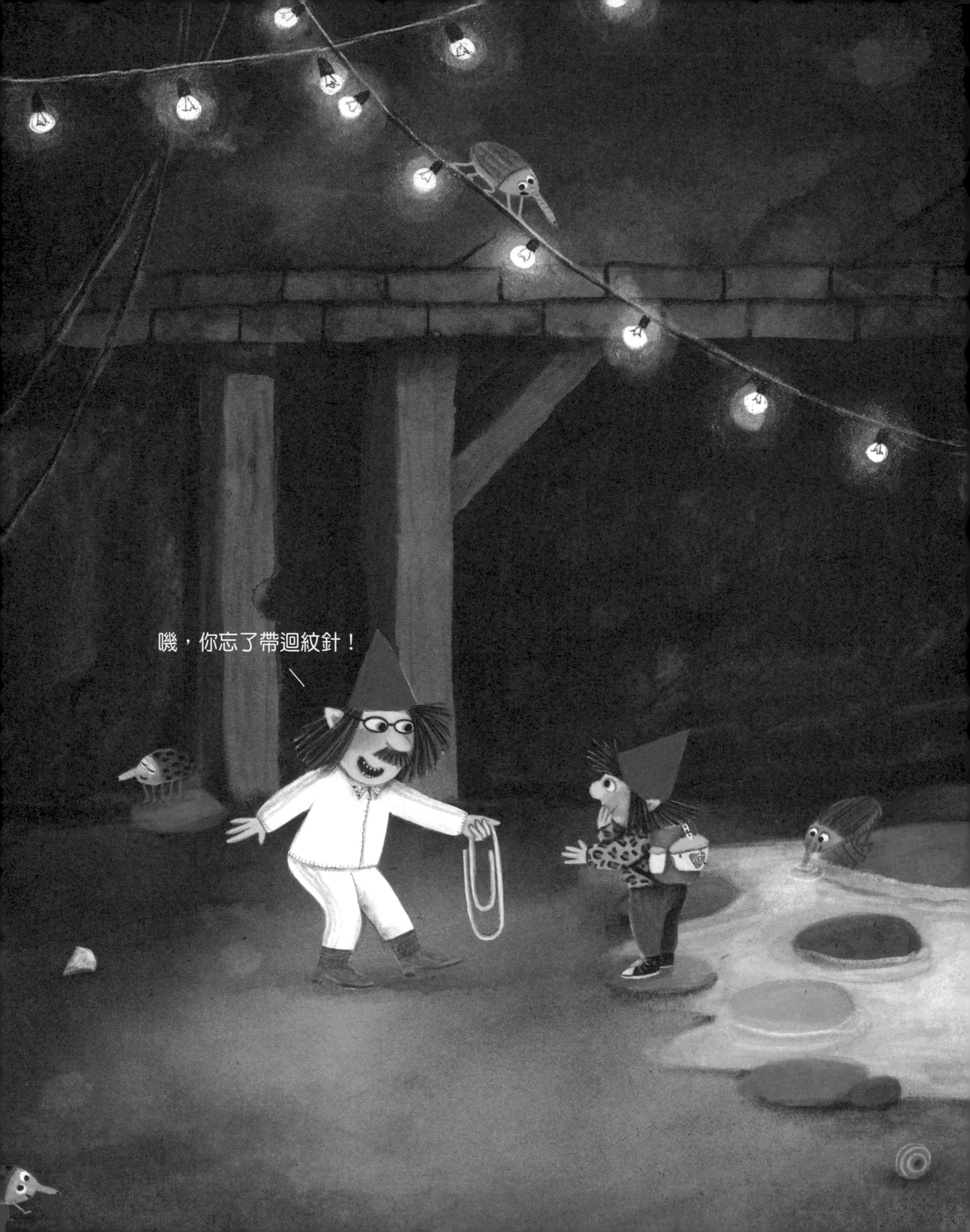
嘰，你忘了帶迴紋針！

背包

我上學時會背背包。
裡面裝了這些東西：

撿到的東西

一疊換裝衣物

水杯

鼻刷

我能從很遠的地方聞到
東西，但前提是我的鼻
子裡要乾淨才行。

幸運娃娃 →

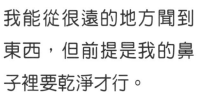

皺巴巴的紙片

如果我的時速超過一萬一千公
尺，就必須戴上護目鏡，不然
眼睛就會乾澀，看不清楚東西。

豌豆能快速補充能量，
必須隨身攜帶。

肢體語言

我們發明了一套所有動物都能理解的肢體語言，方便與動物溝通。

哈囉

你好嗎？

我很好。

謝謝你。

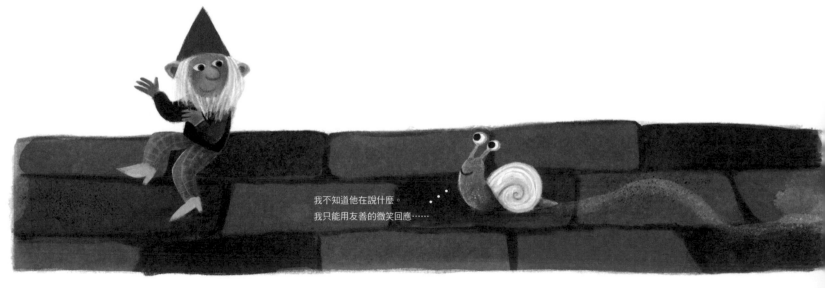

我不知道他在說什麼。
我只能用友善的微笑回應……

嗨，哈利，你可以載我上學嗎？

這是我另一個娜娜和
呦呦住的森林。

← 我住在那裡。

交通工具

如果要出遠門，我會騎在動物的背上。
哈利是我的鳥類朋友。牠喜歡幫助我。

我的學校就在
這座公園裡。

學校

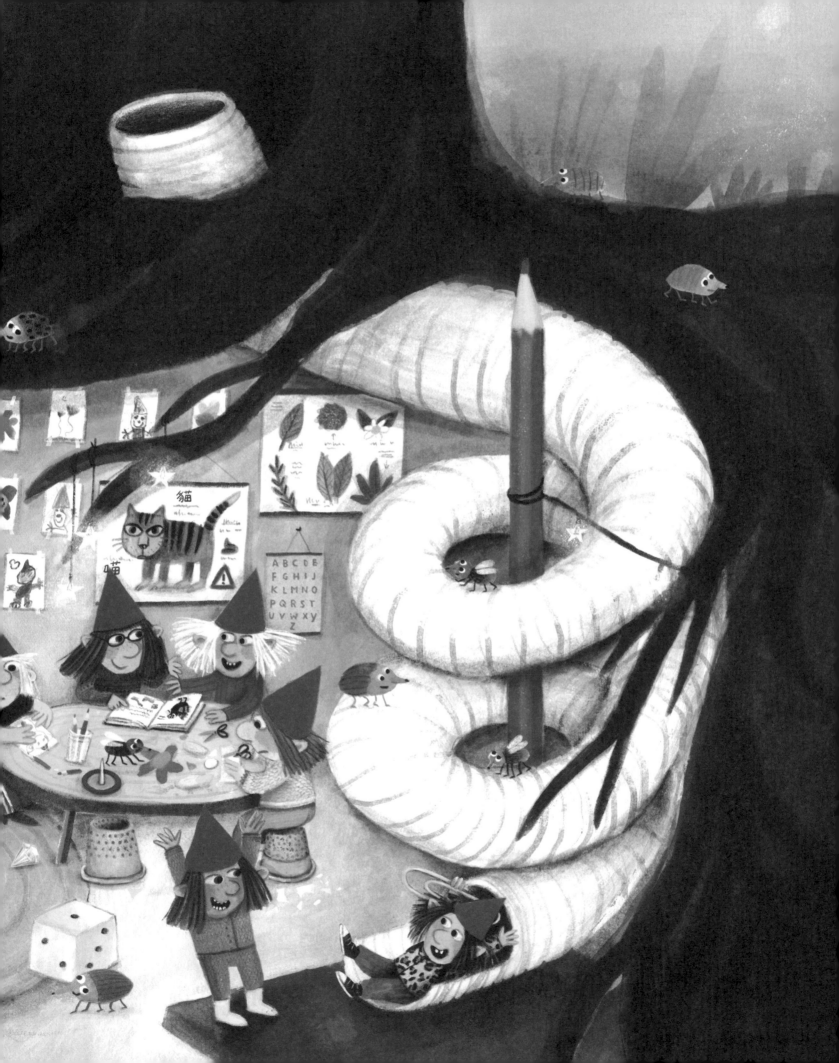

在學校，我學到各式各樣的事，
像是跟動物說話之類的。

對小矮人來說，身手敏捷和健康
非常重要，因此我們常運動。

我們用撿到的東西做勞作。

我們也有音樂課。

走音了！

放學後，我會先和朋友玩一下，
再回家。

阿赫

溝

普夫

佛魯特

我可以加入嗎？

47、48、49、50。

我來啦！

食物

白天，只要我在路上看到好吃的食物，
我都會吃幾口，還會喝一點雨水。

嘰，你回家真是太好了！
來，我們趕快吃飯吧。你一定餓壞啦！

這是我最喜歡的食物。

這我知道。

喂，這可是我的家耶！

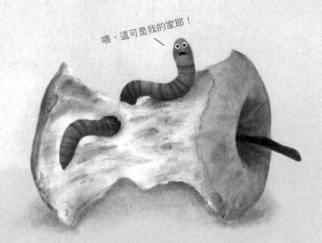

我的另一個呦呦喜歡這個。

難吃！
可是很健康。

這是我第二喜歡的食物。 →

噢，你想帶點好吃的東西去
給森林裡的呦呦和娜娜嗎？

好呀，啵啵！

不會吧！第九個到底在哪裡？

變裝

如果要出遠門，就不能太顯眼。

我們會穿不同的套裝來變裝，還會用各種方法偽裝自己。

我最喜歡的是這套衣服。

← 天冷的時候，穿這種腳
蹼既漂亮又保暖。

這種偽裝方法，
↙ 既快速，效果又好。

所以，當你看到一隻奇怪的鳥、一盒飲料或一片旋轉的葉子，
你看到的可能是一個小矮人。

嘖嘖，真是騷包。

你也可以把自己偽裝成裝飾花園的雕像。
萬一被人看到，就立刻停止動作，呆呆望著天空。

我不太喜歡這老鼠套裝，因為得用四隻腳走路。
可是，我的飛鳥套裝髒了。所以，我只能穿老鼠套裝去找娜娜和呦呦了。

森林

大多數的小矮人都搬到都市了，
但我另外一個呦呦和娜娜還住在森林裡。

哇，真是個美味
的驚喜。我們剛
才正想吃這個！

親愛的娜娜，這是給你們的！
我馬上就要回去了，這樣才能
趕在天黑以前到家。

危險

小矮人必須隨時留意周遭環境！

如果遇到貓咪，情況就會
變得非常危險。我從來沒
能和牠們好好講話。

噁心死了！

我們穿上老鼠套裝和飛鳥套裝，好讓自己不被發現。
但有時候就連好朋友也會上當。

嘿哈利，是我啦。

哎呀，嘰，對不起！

噢！
哈利，沒關係。
你可以把尾巴還給我嗎？

健康與養生

莫莫幫布魯布挑出卡在頭髮裡的食物殘渣。我們會將食物殘渣放在盤子上晒乾，撒在沙拉上，脆脆的很好吃。

我們從不梳頭髮。有時會在頭髮上噴點檸檬汁，聞起來香香的。

喂，怎麼啦？

哈利以為我是老鼠，害我摔了一大跤。

蒲公英隨處可見，對我們來說非常有價值。它的花瓣可以用來製作顏料和健康的茶，乾燥的根部還能製作鼻刷和籃子。

絨毛可以拿來填充被子和枕頭。

醫師會利用蒲公英莖的汁液製作治療小肉瘤和痔瘡的軟膏。

我們會食用葉子。葉子嘗起來苦苦的，卻能讓我們吃得飽飽。如果你看到葉子被咬了一口，那就表示小矮人在這附近。

來，我們去看醫師吧。得讓他看看你的腿。

再見！

醫師

如果身體不舒服，我們可以去找醫師。
他有很多方法可以讓我們好起來。

頭痛時，我們會喝
檸檬香脂茶。

泡洋甘菊茶有助於
緩解胃痛。

嗨！

抓一點薰衣草粉抹在鼻子下，聞
一聞，有助於消除陰鬱的感覺。

還好你的腿沒有斷。只要在傷口上放一點
蜘蛛絲，很快就會癒合了。

洗澡睡覺

呼，還好沒有很嚴重！
我先泡個澡，然後上床睡覺。

嗚嗚嗚！

身體的每個角落
也要擦乾淨喔！

我還要再聽
一個故事！

再見了，人類。晚安囉！
你很快就會再來嗎？